Else Abrahamsen

Afsløringen

- og andre små fortællinger

Illustreret af
Jennifer Telafer Johansen

© 2017 Else Abrahamsen
Illustrationer: Jennifer Telafer Johansen
Forlag: BoD – Books on Demand, København, Danmark
Fremstilling: BoD – Books on Demand, GmbH- Norderstedt, Tyskland

ISBN: 9788771883275

Indhold

Forord

Denne samling små fortællinger er blevet til i løbet af en ca. 20-årig periode. Med en enkelt undtagelse er det mine "jeg-fortællinger", jeg har valgt at medtage. De er opstået mundtligt og har ofte først fundet deres endelige form efter at være blevet fortalt mange gange og være blevet udsat for lytternes både tavse og udtalte respons. Jeg har løbende nedskrevet fortællingerne – bare for ikke at glemme dem. De er efterfølgende blevet nænsomt redigeret for at kompensere for fortællerens manglende fysiske tilstedevær, kropssprog, gestik, mimik, stemmeklang.

For en stor dels vedkommende er ideen til historien opstået på et "Nordisk Fortællerseminar", der siden 1993 er blevet afholdt hvert år den sidste uge i juli på skift i Sverige, Danmark, Norge, og fra 2007 også i Island.

Mange inspirerende workshopledere har sat rammen omkring det kreative arbejde med fortællingerne. Men især må jeg nævne to, der helt grundlæggende gav skubbet til, at jeg blev fortæller.

Først og fremmest Ulf Ärnström, som jeg mødte på Nordens Folkelige Akademi i Göteborg i 1995, og hvis pædagogiske praksis gjorde det meget enkelt at arbejde med fortællinger. Ulf lærte mig at fortælle historien frem, betydningen af at give og modtage respons, at fortælle igen-igen til fortællingen har fundet sin form. Samme sommer deltog jeg for første gang på Nordisk Fortællerseminar på Egå Ungdomsskole ved Aarhus.

Kristin Lyhmann må jeg også nævne. Jeg deltog første gang i Kristins workshop på Ringerike Folkehøgskole i Hønefoss i 1997. Workshoppen handlede om at bruge sit liv som ressource i fortællingen. Kristin fik os til at skabe historier som en blanding af erindring og fantasi. – Det vigtigste er, at der kommer en god historie ud af det, ikke om alt i historien er "sandt", sagde Kristin. Det skubbede mig for alvor i gang med mine egne "sandfærdige løgnehistorier og løgnagtige erindringer".

Mange gode fortællervenner har haft betydning for mit liv med mundtlig fortælling. De næsten 10 år, jeg sammen med Freya Hvaste og Birgit Bjerre øvede fortællinger og optrådte som "Fortællertrioen" betød meget for min udvikling som fortæller.

Tak til alle fortællervenner for inspiration, respons, opbakning og dejligt samvær.

God fornøjelse med fortællingerne.

Afsløringen

Da jeg var lille, følte jeg mig meget speciel. Der var ingen som mig.
Mine forældre lod mig altid forstå, at jeg var den sødeste, kønneste,
dygtigste og klogeste lille pige, der nogensinde var blevet født.
Da jeg blev ældre og begyndte at gå i skole, blev jeg opmærksom på,
at der fandtes andre små søde, kloge og dygtige piger, ja, nogle af dem
var måske oven i købet klogere, dygtigere og kønnere end jeg! Og så
følte jeg mig ikke længere helt så speciel.
Jeg voksede, og syntes at det ene ben voksede hurtigere end det an-
det. Jeg begyndte at få former, og syntes, jeg var for tyk- eller for tynd,
jeg bulede ud på mærkelige steder, så jeg begyndte at gå i store, lange
kjoler og gemte armene i kjolens vide folder.
- Mit hår er for mørkt, tænkte jeg, når jeg så mig i spejlet- eller var det
for lyst?- Det er for krøllet, tænkte jeg og trak i det- eller for glat – eller
bare forkert. Så dækkede jeg det med et stort tørklæde, så ikke et hår

var at se. Da jeg begyndte at få bumser, tog jeg mors lysedug og lagde den hen over hele hovedet og klippede et par sprækker, så jeg lige kunne kigge ud gennem dem. Nu var jeg helt væk,- og jeg følte mig faktisk ret speciel.

Tiden gik, min krop ændrede sig. Under klæderne blev jeg tykkere og tyndere. Folk glemte, hvordan jeg så ud. Jeg kunne være hvem som helst. Den ene dag kunne jeg gå ind til slagteren og bestilte 5 kilo lammekød- Vi skal have fest på slottet! En anden dag gik jeg til bageren og bad om en særlig lækker kage til min mands, godsejerens fødselsdag. Til tider strakte jeg hånden ud gennem kjolens folder og bad folk på gaden om en almisse: - Giv en skilling til en stakkels hjemløs pige, tiggede jeg.- Sømanden kommer hjem i dag, sagde jeg til grønthandleren,- masser af grønt, det er hvad han trænger til!

Folk vænnede sig til mig - talte mig efter munden, men de fandt mig nok lidt – speciel. Efterhånden glemte jeg selv, hvem jeg var.

Tiden gik. Bybilledet ændrede sig. Der begyndte at komme fremmede til byen. Kvinderne var klædt i lange vide frakker, de havde tørklæder

om hovedet, der skjulte deres hår. Ja, nogle af dem var helt tildække-
de, havde kun en sprække fri til øjnene. Og samtidig lagde jeg mærke
til Tv-programmer fra lande, hvor det var direkte strafbart for kvinder
at gå utildækket på gaden.

Nu følte jeg mig ikke længere så speciel. Jeg fjernede først sløret, så
tørklædet. Og til sidst kunne jeg igen gå i kropsnært tøj. Folk standsede
mig på gaden og sagde tøvende: - Der er et eller andet bekendt ved
dig. Har jeg ikke set dig før? Hvem er det nu lige du er?

Så var det, jeg begyndte at
fortælle historier om mit liv.

At springe ud på en sky

Da vi fik vores første bil, en VW folkevogn – en såkaldt boble, tog vi ofte på biltur med Morfar og Moster. Min første udlandstur gik som 5-årig til Norge. Mine forældre forberedte mig på turen. De fortalte, der var bjerge så høje, at de gik op gennem skyerne. Og vi skulle så højt op, at vi kunne se ned på skyerne.- Så vil jeg hoppe ud på en sky, sagde jeg, for jeg kunne fint forestille mig hvor dejligt blødt, det måtte være. Og så kunne jeg ligge der og kigge ned på verden. Straks jeg havde sagt det, vidste jeg godt, at det kunne man ikke. Og Mor smilede og fortalte om, hvordan skyer dannes. Nå, lige meget, det blev en fantastisk tur alligevel.

Vi havde alt nødvendigt med. Mor, Far, mig selv, min 3 år ældre bror, Morfar og Moster. Vi overnattede på hotel, men havde alt det nødvendige med til en frokost ved vejkanten. Klapbord, stole, kogegrej, Mors forklæde og Mosters hat var der også plads til. Men det var selvsagt kun min Far, der kunne pakke Folkevognen.

Både min Morfar, min Far og min Mor var biologilærere. De gik med næsen ned i bakken, når vi vandrede i bjergene, og de plukkede planter, som de viste os og lærte os både deres danske og latinske navne.

Vi plukkede vilde blåbær, og min storebror morede sig med at stille sig yderst på høje klippefremspring for at få Mor til at gyse. –Se lige mig, Mor!

Det var varmt vejr på den nordiske måde, hvor de passerende skyer ofte bragte kølig vind med sig. Jeg rakte ned for at plukke et særlig stort blåbær, da jeg mærkede det kølige gys fra en sky, der gled hen over mig. Den forekom helt anderledes end normalt. Jeg mærkede et par kæmpe ørneklør tage fat i mig og løfte mig i vejret. Kløerne strejfede min ryg, men fik så fat i selerne på min nederdel, så jeg hang og dinglede som i en faldskærm. Snart var vi højt oppe over bakken. Jeg var bange for, at ørnen skulle tabe mig. Så jeg forholdt mig helt stille. På en klippehylde højt oppe landede ørnen i en stor, flot rede. 3 store, sultne unger sad parat med opspilede gab og skræppede op.

Ørnemoderen satte mig ned. Men ungerne smækkede næbbene i, som om de ville sige- Adr! det kan jeg ikke lide! Det var jeg ret glad for. Ørnemoderen tog af sted igen for at hente noget andet spiseligt til ungerne. Jeg kiggede ud over kanten. Øj, det her var lige så godt som at sidde på en sky. Udsigten var fantastisk. Menneskene nede på jorden var bittesmå. De gik med næsen ned i bakken og søgte efter blåbær.
- Mor, Mor, se lige mig! råbte jeg. Men hverken hun eller nogen af de andre så op fra blåbærplukningen. Så snakkede jeg lidt med ørneungerne, som bedst man nu kan, når man ikke taler samme sprog. Men jeg ville nu gerne ned til min familie igen. Ørnen kom tilbage med et bytte, der mere faldt i ungernes smag, og næste gang hun satte af for at flyve væk, greb jeg fat i benene og fløj med. Da vi var tæt på jorden slap jeg. Jeg løb hen til min familie.- Hvor har du været? spurgte Mor.
- Ude at flyve med en ørn, sagde jeg. – Du ved godt, du ikke må lyve, sagde hun.- Men se, her tog den fat, sagde jeg og viste hende ridserne på min ryg.- Du er da vist faldet, sagde Mor bare. Du får jod på, når vi kommer tilbage til bilen. Sådan husker jeg den tur.

14

Den sorte bil

Jeg stod oppe på klaverbænken i stuen og øvede mig i at flyve. Jeg sprang så højt jeg kunne og blafrede så hurtigt, jeg kunne med armene. Min storebror havde sagt, jeg kunne lære at flyve, hvis jeg øvede mig. Jeg syntes allerede, jeg var blevet lidt bedre til det. Jeg havde øvet mig meget og syntes, jeg holdt mig længere og længere tid i luften, inden jeg dumpede ned på tæppet igen. Jeg forestillede mig, hvordan jeg en dag ville flyve gennem stuen, gennem entreen, ud af fordøren og op i den blå himmel, og hvem ved hvorhen.

Gennem døren til entreen så jeg Mor komme ud fra badeværelset med et håndklæde over armen på vej ud i køkkenet. Åh-åh! Det betød nok, jeg skulle have vasket hår. Jeg kunne ikke lide det. Det foregik på den måde, at Mor lagde håndklædet på køkkenbordet, og så blev jeg lagt op på det med nakken bøjet hen over kanten af stålvasken. Det gjorde ondt i nakken, og det var ubehageligt, når jeg fik sæbe i øjnene.

15

Det havde jeg ikke lyst til. Jeg tog en sidste flyvetur. Så jeg smuttede gennem entreen og ud af hoveddøren, hen ad havegangen, ud gennem havelågen, op ad den grusede sti, der førte op til hovedvejen. For på den anden side af vejen boede mælkemandens. Mælkemandens kone havde sveskeblommer, store, dybviolette, søde, saftige sveskeblommer. Når min veninde og jeg kom hoppende over vejen og ind i hendes køkken, sagde hun: - Nå, er I dér, mine små hoppeskader? Og så fik vi sveskeblommer – eller hvis det ikke var blommetid, havde hun altid rosiner. Mælkemanden så vi ikke så tit. Men af og til fik vi lov at sidde på ladet sammen med mælkejungerne og køre med et stykke vej, når hestene trak af sted med mælkevognen. Når vi ikke gad køre med længere, hoppede vi af og løb hjem.

Ja, det var meget bedre at besøge mælkemandens kone end at få vasket hår. Jeg spurtede op ad den grusede indkørsel. Men lige før jeg løb ud på vejen, eksploderede Mors stemme inde i mit hoved: "ELSE!" og jeg stoppede brat op. Lige forbi næsen af mig passerede en stor, sort bil – en HGF, en høj gammel Ford. I bilen sad 4 mænd med stive rygge klædt i sorte jakkesæt og hvide skjorter. På hovedet havde de bowlerhatte. Chaufføren holdt på det store rat med strakte arme. Alle mændene så stift lige ud. Alle undtagen én. Han havde drejet hovedet, og kiggede strengt lige på mig.

Nu var det ligesom, jeg ikke længere skulle over til mælkemandens kone. Jeg vendte om, gik ned ad grusvejen, ind gennem havelågen, op ad havegangen, ind ad hoveddøren, ind i entreen, og inde fra køkkenet sagde Mor:- Nå, dér er du, Else. Det var godt. Du skal lige have vasket hår.

Linde Alléen

Kl. halv seks om aftenen stak jeg fødderne i de røde træsko og hankede op i mælkespanden, der var formet som en miniature mælkejunge og vinkede farvel til Mor, der stod og skrællede kartofler. Jeg bar stolt den lille mælkejunge. Selv om jeg kun var 8 år, kunne jeg udføre den vigtige opgave at hente mælk på Portgård.

En lang allé af lindetræer lå mellem vores hus og gården. De høje træer strakte sig op mod himlen. Højt over mit hoved nåede grenene næsten hinanden. Det var som at gå under en gotisk katedrals buehvælving. Selv om jeg på det tidspunkt kun kendte den lille landsbykirke, og ikke vidste hvad en katedral var, mærkede jeg den højtidelige stemning ved at blive omkranset af noget, der var større end mig.

Svingende med den tomme mælkejunge nåede jeg gennem alléen og gik over gårdspladsens knasende grus. Døren til stalden var åben. I det lille forrum stod apparatet, der pasteuriserede mælken. Der stod også en junge med den mælk, som vi måtte tappe af. Jeg drejede håndtaget og så den gode hvide mælk løbe ned i spanden til den nåede stregen, der viste to liter. Så lukkede jeg igen, satte låget på spanden, tog blyanten, der hang i en snor ved skemaet, hvor kundernes navne stod og skrev ud for vores navn, hvor mange liter jeg havde taget.

Så gik det hjemad igen, nu med en tungere spand, der dunkede mod benet, hvis jeg ikke holdt den lidt ud fra kroppen. Hjemme i køkkenet stak Mor i kartoflerne med den spidse kartoffelgaffel for at mærke, om de var færdige. Hun satte jungen i køleskabet. Næste dag havde den fede, gule fløde lagt sig øverst i spanden, og Mor skummede den af til at komme i kaffen, eller – hvis der var nok – til at piske til flødeskum til citronfromagen.

Sommeren var fuld af farver, der var vilde blomster i græsset, der kantede stien. Mellem træstammerne, "vinduerne" i alleen, sås frugthaven på den ene side og markerne på den anden, hvor køerne stod og græssede eller lå og tyggede drøv. Jeg gik og nynnede en lille sang, til jeg nåede gårdspladsen.

19

Sensommeren forandrede alleen. Kl. halv seks om aftenen var det blevet mørkere. Lyset svandt mere og mere, farverne forsvandt, og træer og buske stod som grå silhuetter. Ting blev utydelige, konturerne uskarpe. Høresansen skærpedes. Jeg hørte musenes puslen, pindsvinets rumsteren. En kos muhen på marken.

Om efteråret fik jeg den brune duffelcoat med træknapperne på og tykke strømpebukser i træskostøvlerne. Kroppen lukkede sig sammen i blæsten, og alléen lukkede sig sammen om mig. Hvad øjet ikke kunne se, kompenserede fantasien for. Var det en mus i vejkanten, eller vinden der pustede til et vissent blad? Stod der nogen på lur derhenne ved træet? Nej, det var en ko, der stor og tyggede drøv. Mor siger, der ikke findes spøgelser i virkeligheden, men hvad er det, der bevæger sig derhenne? Årh, det er jo bare fru Noes vasketøj, der vejer i vinden. Jeg ved godt, trolde kun findes i eventyr, men det dér er da en busk, er det ikke?

Om vinteren var det eneste lys i den ene ende af alleen lampen på Portgårds mur, i den anden ende lysene fra mit hjem og de andre villaer i seminariebyen. På klare aftener lyste stjernerne og månen ned gennem de nøgne grene. På overskyede aftner var der bælgmørkt, undtagen der hvor lyskeglen fra stavlygten oplyste jorden foran mine fødder.

En efterårsaften, da jeg endnu ikke var begyndt at tage lygten med på mælketuren, hørte jeg en puslen bag mig. Jeg vendte mig hurtigt om. Der var ingenting at se. Stiv i ryggen gik jeg videre med en fornemmelse af et væsens tilstedeværelsen bag mig og var glad, da jeg trådte ind i lyset og varmen i det lille rum ved kostalden, hvor den store mælkejunge stod parat til at fylde min lille junge. Verden havde fået farver igen. Inde fra stalden lød en hyggelig gumlen og raslen af køernes lænker og et enkelt, tilfreds muuh! Der lugtede venligt af komøg. Noe kom ud fra stalden og hældte en spand friskmalket mælk i den store junge og sagde: - Nå, bette pige. Hvo møg mjølk ska´ do så ha´ i daw? Jeg fyldte to liter i spanden, og skrev de to liter på skemaet på væggen.

Så ud i mørket igen. Hyggen, varmen og kolugten forsvandt bag mig, da jeg gik over gårdspladsen og ind i mørket. Trækæmperne ludede henover mig. De vuggede susende frem og tilbage. En ugle tudede og flaksede op. Lysene fra vores hus og seminariebyen virkede næsten uopnåeligt langt væk. Et stykke længere fremme ved kanten af stien så jeg et lys, der glimtede. Jeg satte farten ned og nærmede mig forsigtigt. Jeg så et par ravgule øjne stirre på mig fra et gammelkoneansigt. Jeg så, den gamle kone havde tørklæde om hovedet, som var bundet under hagen. Hun var på størrelse med mig. Hun missede underfundigt med øjnene. Men så åbnede hun munden og hvæsede ad mig, shsssss! Jeg tabte mælkejungen, låget gik af, og mælken løb ud på jorden. Jeg lod den ligge og benede hjem med tilbageholdt åndedræt og trak først vejret igen, da jeg stod i det lyse, varme køkken, hvor Mor stod og dækkede bord. - Hvad er der sket? spurgte hun og satte sig på hug foran mig. Jeg var stum, fik ikke en lyd frem, stirrede på hende. Mor kunne se, mælkespanden ikke var med tilbage, så hun tog en lygte i den ene hånd og mig i den anden. Så gik vi ned gennem lindealléen, til vi kom til mælkespanden. Der stod en hvid kat og labbede mælken

i sig. - Det er jo bare en lille kat, sagde Mor. Jeg rystede på hovedet.
- Der stod en gammel heks og hvæsede af mig, insisterede jeg. Mor
smilede i mørket. Jeg hørte det på hendes stemme, da hun sagde.- Jeg
tror, vi har mælk nok til i morgen. Så gik vi hjem hånd i hånd, og mør-
ket var igen venligt og fortroligt.

Mandarinerne

Efter studentereksamen skulle jeg for første gang prøve rigtigt at klare mig selv. Jeg havde levet en tryg, vel nærmest overbeskyttet tilværelse, skulle flyve fra reden, se om vingerne kunne bære.

Jeg var blevet tilmeldt et kursus for udenlandske studerende ved universitetet i den nordfranske by Caen. Min fransklærer i gymnasiet kom derfra. Jeg kunne køre med ham, når han skulle på efterårsferie i hjembyen. Så kunne han også hjælpe mig med at blive installeret på kollegiet. På trods af en god eksamenskarakter, var mit franske ikke noget at prale af.

På vejen til Caen advarede min lærer mig mod de mange nordafrikanske studerende. Dem skulle jeg passe rigtig godt på. For de var kun ude på én ting, og det vidste jeg godt, hvad var. Han kunne mange grimme historier om, hvad der skete, når blåøjede skandinaviske piger naivt inviterede "sådan en" med på værelset. Så inviterede han kammeraterne med og så…. Jo, jeg skulle nok passe på. Det var jo også de indfødte, jeg tog ned for at lære at kende.

Min Far havde sagt, at jeg skulle passe godt på mine penge. Det ville være uforsigtigt at rejse med mange penge. Så for ikke at risikere at miste dem på rejsen, gav han mig kun få penge med, og ville så sende flere gennem banken, som jeg så kunne hæve, når jeg kom derned og fik brug for dem.

Min Mor havde sagt, at jeg skulle passe rigtig godt på …. alting!

Da jeg ankom til kollegiet, ville man i første omgang ikke udlevere nøglen, da de påstod, jeg ikke havde betalt depositum. Men min fornuftige Far havde sørget for, jeg havde kvitteringen for betalingen med, så jeg fik endelig lov at blive indlogeret. Jeg skulle senere finde ud af, hvorfor kollegiet ikke havde modtaget pengene.

Kollegiet lå 3 km uden for byen. Der gik ingen offentlige transportmidler, så jeg måtte gå. Jeg fandt ud af, at de studerende der havde bil, gerne standsede op og gav de gående et lift til Uni. Men når jeg kiggede ind i de biler, der standsede og så nogle umiskendeligt nord-afrikanske mænd i bilen, sagde jeg pænt - Non, merci! og gik videre med næsen i sky. Jeg havde jo lovet at passe på.

Jeg brugte de første dage på at lære byen og universitetsområdet at kende. Kurset skulle først starte nogle dage senere. Efter at have hjulpet mig med at blive indskrevet og indlogeret, var min lærer taget videre på ferie hos familien.

Jeg fik hurtigt brugt de penge, min Far havde givet mig med, og jeg gik i banken for at hæve de penge, han havde sendt derned.- Désolé. Il y a une grève de poste. Poststrejke – ingen penge.

Næste dag vendte jeg tilbage igen. Stadig strejke, stadig ingen penge. Jeg havde nu spist den sidste mad, og endnu var strejken ikke ovre. Jeg havde aldrig før været helt alene i verden, havde aldrig prøvet at mangle noget så basalt som mad. Jeg kendte ikke et øje, jeg kunne søge hjælp hos. Jeg åbnede pungen. Der lå nogle få franc på bunden. Hvornår jeg kunne få fat i flere var uvist. Jeg valgte at købe en pose mandariner på markedet for de sidste franc.

Så vandrede jeg tilbage til kollegiet. Træt og sulten gik jeg op af trapperne til kollegieværelset. Jeg åbnede posen, indsnusede duften af mandarinerne og spiste dem langsomt, én for én i bevidsthed om, at jeg ikke vidste, hvornår eller hvordan jeg skulle få noget at spise igen. Da der heller ikke næste dag var kommet penge til mig i banken, slæbte jeg mig sulten, træt og fuld af selvmedlidenhed den lange vej hjem. Da en bil standsede ud for mig for at give mig et lift, og jeg så 3 mørklødede mænd i bilen, tænkte jeg, at nu kunne det også være lige meget og satte mig ind ved siden af føreren. Han betragtede mig opmærksomt og sagde: "ça va pas, mademoiselle?" "Non, ça va pas du tout!" Det gik slet ikke. Og så busede jeg ud med det hele - ingen penge, ingen mad og ingen venner. Rashid, som var libaneser, kørte mig hjem, fik ud af mig hvilket værelse jeg boede på. Lidt senere bankede han på. Jeg lukkede ham ind. Han tog pungen op af lommen og lagde 300 franc på bordet. Dem kunne jeg låne, til strejken var ovre. Han lånte mig dem på mit glatte ansigt, og jeg ikke så meget som spurgte, hvad han havde tænkt, han skulle have for den tjeneste.

Sådan gik det til, at jeg overlevede, til jeg få dage efter kunne hente penge i banken og betale ham tilbage. Og han skulle intet have i renter.

Fisken

Jeg havde det hele – og lidt til. Villa, Volvo og vovse, som man sagde. Altså, villa havde vi – med garage, hæk hele vejen rundt om huset, køkkenhave og det hele. Volvoen var, så vidt jeg husker, - jeg går ikke så meget op i bilmærker – en folkevogn. Hund havde vi ikke endnu, men min mand forestillede sig, han skulle have en jagthund, når han fik taget jagttegn.

Jeg elskede at arbejde i køkkenet. Fra vinduet ved vasken kunne jeg holde øje med indkørslen, og se når vi fik gæster. Det var godt at være forberedt – få et varsel, så at sige. Jeg var vild med min mand. Jeg kunne lide næsten alt ved ham. Bare ikke lige hans kammerat. De havde været venner altid. Lige fra folkeskolen. Kender I det? Man kan ikke rigtigt se, hvorfor han holder fast ved den kammerat. Han er bare så forfærdelig. Man gør sit bedste for at tage godt imod ham, forsøger at kunne lide ham. Men det går ikke. Alt vender sig i én og man bliver helt akavet. Min mand var jo ikke sådan. Han var sød og rar og ordentlig. Hvordan kunne han så stadig omgås den mand?

Når jeg så hans røde sportsvogn standse i indkørslen og jeg fra køkkenvinduet så ham stige ud med sine hvide Dandy-sko, flashy jakkesæt og det brede spraglede slips, vidste jeg at en hyggelig friaften med min mand var ødelagt. Han havde det med at dukke op ved spisetid, ofte uanmeldt, gerne en fredag, hvor jeg kun havde lyst til at være alene med min mand. Men hvad kunne jeg gøre, andet end at sætte en tallerken mere på bordet og gøre gode miner til slet spil? Kammeraten talte højrøstet, fortalte sjofle vittigheder og lo bralrende af dem selv. Han flirtede med mig, nev mig bagi og kunne finde på at lade en hånd glide op mellem mine ben, når jeg serverede maden. Når jeg vredt trak mig tilbage, lo han og sagde, jeg ikke skulle være så snerpet. Jo vredere jeg blev, jo sjovere syntes han det var. Når jeg forsøgte at tale med min mand om det, slog han det hen og sagde, at jeg ikke skulle være så nærtagende, det betød ikke noget, det var kun for sjov. Mit problem med kammeraten var ved at blive et problem for mig i forholdet til min mand. Jeg syntes ikke, han var loyal over for mig.

Så efter at have rådført mig med en veninde, kom hun på en ide, som jeg satte i værk en aften, hvor kammeraten havde inviteret sig selv på middag. Jeg købte en stor torsk hos fiskehandleren. Jeg rensede den i køkkenvasken, og lod indvoldene blive liggende i vasken, mens jeg holdt øje med indkørslen. Da jeg så den røde sportsvogn trille ind i indkørslen, begravede jeg hænderne i fiskeindvoldene, smurte dem godt op ad armene.

Da det ringede på døren, råbte jeg til min mand: - Jeg lukker op. Så tog jeg et godt greb i torskens hale, gik ud og åbnede hoveddøren. Da han så mig, stak han mig et stort smil og rakte hånden frem. Jeg greb den med min blodige og slimede hånd, mens jeg slyngede den anden om halsen på ham, så torsken ramte ham med et klask på øret.- Velkommen! sagde jeg. Min mand kom ud i entreen, mærkede der var et eller anden i gang. – Hva´ sker der? sagde han og så på os. – Ikke noget, sagde kammeraten, mens han tørrede sig med lommetørklædet, han havde fisket op af brystlommen.

- Sæt jer bare ind og hyg jer. Torsken er kogt om 20 minutter, sagde jeg og gik ud i køkkenet igen.

Kammeraten sagde ikke noget til mig, da jeg serverede maden, men han kiggede underligt på mig.

Det kan godt være, jeg kunne have taklet problemet mere assertivt, men ét er sikkert- han rørte mig aldrig igen. Om de to venner stadig ses, ved jeg faktisk ikke. Det er længe siden jeg har set nogen af dem.

Ikonen

Jeg skulle engang til en konference i Sct. Petersborg i forbindelse med mit arbejde. Jeg havde gået hjemme i længere tid- havde fået barn, været på barsel, være arbejdsløs en tid derefter. Og nu skulle jeg pludselig ud i den store verden. Jeg var ikke alt for tryg ved det. Det var før murens fald. Vi vidste ikke meget om Rusland. Jeg forbandt det mest med KGB og sibiriske fangelejre.

Som jeg havde for vane, når jeg trængte til at få orden på mine tanker, gik jeg ned i domkirken. Jeg satte mig på en bænk, lukkede øjnene for at lade det store rum øve sin indflydelse på mig. Efter et stykke tid åbnede jeg øjnene. Jeg fik en følelse af, at der var nogen der betragtede mig. Jeg så mig omkring. Der var mennesker på besøg i kirken, som der altid er, når den er åben. De gik rundt og beundrede arkitekturen og de smukke kalkmalerier. Men der var ikke nogen, der tog særlig notits af mig. Så jeg samlede igen tankerne om mig selv og den forestående rejse. Men fornemmelsen af at blive betragtet forsvandt ikke. Jeg flyttede uroligt på mig. Jeg mærkede pludselig, hvor stiv og hård, bænken var. Min koncentration var definitivt brudt. Da mærkede jeg, hvor fornemmelsen kom fra. Jeg mærkede en varm, prikkende følelse i venstre skulder. Da jeg greb mig til skulderen, gled mit blik op på væggen, og jeg opdagede et kalkmaleri, jeg aldrig før havde lagt mærke til. Det var en lille rød djævel, som skævt grinende kiggede direkte på mig. Det gjorde mig ubehageligt til mode, og jeg skyndte mig ud af kirken. Jeg glemte oplevelsen igen, havde nok at se til med at blive færdig med forberedelserne til rejsen. Jeg sørgede for at tage rigeligt med penge med for at være på den sikre side.

Turen og konferencen gik godt på trods af mine bekymringer. Dagen inden hjemrejsen gik jeg rundt i byen for at find noget at tage med hjem som souvenir. Det var svært at finde noget interessant i de store gader, og jeg havde efterhånden fået mig forvildet ind i nogle små gyder. Der var mest beboelsesejendomme, men da så jeg en lille butik med et stort vindue, der var så beskidt, at det var svært at se, hvad der gemte sig bag det. Oven over ruden stod der noget, jeg formodede betød "Antikviteter og gamle sager" – det var nok mest "gamle sager", men af en eller anden grund var jeg alligevel overbevist om, at jeg ville finde noget spændende derinde. Jeg tog i døren. Da den gik op, lød der en ringlen fra en lille klokke over døren. Der var ingen i butikken. Efter af have kastet et hurtigt blik rundt i lokalet, gik jeg hen til vinduet, hvor jeg var overbevist om at finde det, jeg søgte. I et hjørne i vindues-udstillingen stod der en lille ikon. Idet jeg rakte ud efter den, kom en gammel mand ud fra bagbutikken. Perleforhænget ringlede, da han gik gennem det. Han stod tavs og så til, da jeg åbnede den tofløjede ikon. Jeg ved ikke, hvad jeg havde forventet, men på den ene side var Jom-fru Maria med Jesusbarnet, og på den anden fløj – mit hjerte gav sig til at galopere i brystet – der sad dén selvsamme røde djævel, der havde grinet til mig hjemme i domkirken. Jeg smækkede ikonen sammen, og med rystende hænder lagde jeg den på disken og gjorde tegn til, at jeg ville købe den. Manden småsnakkede på russisk, mens han pakkede den ind i silkepapir. På et stykke papir skrev han et uhyrligt beløb, som jeg betalte uden at tinge om prisen. Da klokken ringlede efter mig, og jeg igen stod på gaden, spurgte jeg mig selv, hvad fanden jeg havde gang i. Altså, enten var ikonen en kopi, og det var den jo nok, og så havde jeg betalt en forfærdelig overpris for den. Eller også var det en ægte ikon, jeg havde fået meget billigt, og dem måtte man slet ikke udføre fra landet.

Det sidste døgn gik jeg som i en døs. Da jeg næste morgen pakkede, lagde jeg den skiftevis i kufferten, i håndtasken og i frakkelommen. Da taxaen holdt for døren, stak jeg den ned i bukselinningen og tog trøjen ud over den.

I køen ved kontrollen i lufthavnen brændte ikonen på maven. Jeg undrede mig over, at ingen hørte mit hjerte slå. - 10 år i Sibirien, lille frk. Abrahamsen, tænkte jeg. Jeg som var godt opdraget, altid havde opført mig ordentligt. Hvad gik der af mig? I tolden blev jeg vinket ind til siden og fik min håndbagage undersøgt. Så blev jeg vinket videre, bare for at blive trukket ind bag et forhæng. Jeg blev kropsvisiteret og de fandt – ingenting! Nu mere forbavset end forskrækket gik jeg ud til flyet, stadig med en brændende fornemmelse på maven, hvor ikonen havde siddet. I løbet af hjemturen blev jeg efterhånden nogenlunde mig selv igen. Hvis ikke det havde været for den voldsomme varme, jeg stadig følte i maven, ville jeg måske have troet, at jeg havde fantaseret mig til det hele. Da jeg stod derhjemme i entreen, satte jeg bagagen fra mig, tog frakken af, og idet jeg strakte mig for at hænge den på plads, faldt ikonen på gulvet. Der lå den. Og nu står den på kommoden. Det vil sige, måske står den der, måske står den der ikke. Man ved aldrig, hvor man har den djævel.

Nytårsaften

Jeg har et elendigt forhold til nytårsaften. Den aften har jeg bare lyst til at gå i seng, trække dynen op over hovedet og vente på, den går over. Det stammer fra min ungdom. Folk er hysterisk oprømte, drikker for meget, og skaber sig åndsvage, er allerede alt for fulde kl. 12, men skal alligevel tylle noget surt sprøjt, man kalder Champagne, men mere minder om afløbsrens ned for 5 min. efter midnat at kaste det op i det nærmeste toilet eller ned ad den nærmeststående. Jeg husker det, som om min kæreste altid stod og kyssede på en anden kl. 12, eller jeg havde ingen kæreste og alle omkring stod og kyssede deres. Og det var umuligt at komme hjem. Jeg har altid haft det sådan, at når jeg skal hjem, så skal jeg hjem – nu! Men det er ikke muligt nytårsaften. Bybusserne kørte ikke efter midnat i min ungdom, det er umuligt at få en taxa, og det vil tage tre dage at gå hjem. Så man lægger sig under et bord, eller et andet sted, hvor der er mindst mulig risiko for at nogen tramper på en i nattens løb. Sove kan man ikke – dels fordi verden drejer helt vildt rundt – dels fordi der altid er nogen, der skal feste igennem og holde alle andre vågne.

Efter de vilde ungdomsår kom der nogle år med lille barn, hvor den lille, splittede familie ofte holdt en del af nytårsaften sammen for barnets skyld. Lækker mad, Far ud med lillepurken at fyre kinesere af, lære ham at tænde fyrværkeri på en forsvarlig måde. Det var faktisk ok. Det bragte minder fra min egen barndom tilbage. Hyggelige nytårsaftner med kogt torsk og røde pølser. Kinesere i en skotøjsæske. Far der gik med os ud og kastede kinesere over en mur. Spænding helt ned i storetåen. Morfars nerver var lige så dårlige som hundenes, når kanonslagene bragede, men det havde vi børn kun hån til overs for. Så kom de år, hvor sønnen hellere ville ud med vennerne. Det var rædselsfuldt. Jeg blev hjemme, holdt mig ædru, parat til at rykke ud til den katastrofe jeg (for)ventede som følge af fuldskab, forvildede raketter og vold. Jeg overlevede de år også, og jeg havde fået lavet mig en tradition med mig selv, alene hjemme. Kun drikke mådeholdent.

Sønnen kunne klare sig selv, men det kunne jo være, han havde brug for at blive hentet i løbet af natten, så jeg var klar til at rykke ud. Veninder prøvede at lokke med mig, men i mange år lykkedes det mig at undvige. Men til sidst var der ikke flere undskyldninger, og jeg lod mig presse til at sige ja til at tage med en veninde hen til hendes veninde, som i sidste øjeblik aflyste festen, men tog os med til en helt syvende, som jeg ikke kendte. Og så sad jeg der igen, i en lejlighed sammen med for en stor del fremmede mennesker, og skulle være henrykt over denne helt specielle aften. Hvor er det festligt! hvor er vi altså glade! Og så opdagede jeg, at jeg faktisk hyggede mig. Det var søde, interessante mennesker. Klokken nærmede sig 24, uden jeg havde tænkt over, hvor tiden var blevet af. Jeg havde drukket al min medbragte vin og så mig om efter noget at hælde i glasset for at kunne skåle ved midnat.

Midt på bordet stod en flaske rød Champagne. Der var ikke drukket af den. Måske havde resten af gæsterne samme forhold til rød Champagne som jeg. Den var trukket op, og der var stukket en plastik prop i den. Håndtaget på proppen var lavet af gennemsigtig rød plastik og formet som tallet 2000. Det var nogle år siden det store årtusindskifte, men der sad proppen altså alligevel. Jeg spurgte de omkringsiddende, om jeg måtte tage et glas, de reagerede alle ved at sige, - tag bare, det er ikke min flaske. Jeg tog proppen af og hældte den røde væske i min glas og tog en slurk. Det prikkede på vejen gennem halsen og fik det til at prikke helt ud i fingerspidserne. Jeg dirrede over det hele og tænkte, at nu havde jeg gjort det igen, billig Champagne af den værste slags og ønskede, jeg var blevet hjemme.

Så begyndte det at suse for mine ører, jeg følte mig lettere end luften. Et vindstød rev altandøren op, og i næste nu blev jeg suget ud af døren. Jeg fløj gennem luften, det blev mørkt for mine øjne, og da jeg igen kunne se, var jeg landet i en anden lejlighed. Der var ingen tvivl om at jeg var i Grønland. Ikke bare var det tydeligt på ansigterne omkring mig, men raketterne, der fløj gennem luften uden for, landede mellem bjerge eller i havet neden for vinduerne. Menneskene reagerede, som om jeg var en af dem. En mand lagde armen om min skulder, smilede til mig og gav mig en svingom. På bordet stod en flaske rød champagne med den samme slags plastikprop som i lejligheden, jeg kom fra. Jeg tog proppen af, hældte op og drak. Prikken og susen og ud gennem vinduet. Det blev mørkt omkring mig. Luften blev lun og jeg landede til en barbeque-fest i Australien. Jeg blev et godt stykke tid, tid nok til at få nogle gode mates, så forsynede jeg mig af flasken, som ikke overraskende stod på bordet med drinks. Næste tur gik til Japan, og efter en portion sushi fløj jeg videre. Jeg nåede vel en 10-15 steder inden jeg igen landende i lejligheden, hvor min veninde kiggede på mig og spurgte, om der var noget galt.

- Tværtimod, smilede jeg og bød hende et glas rød Champagne.

- Prøv det, sagde jeg. Det er bedre end det ser ud til. Da jeg tog hjem hen på morgenen, var hun ikke kommet tilbage endnu. Men det er jo velkendt, at det kan være svært at komme hjem efter en nytårs-fest.

Vinduet

En sommer skulle jeg passe hus for nogle venner, der skulle ud at rejse. Det havde været et stresset forår, jeg havde ingen penge, så det passede mig fint at komme hjemmefra, se noget andet, ikke have andre forpligtelser end at lufte hunden, slå græsset og sørge for vanding i drivhuset og ellers hygge mig med gåture, læse en masse gode bøger. Jeg havde installeret mig i teenagedatterens værelse på første sal. Det havde et fedt stereoanlæg, og frem for alt var det på grund af altanen, der løb i hele værelsets bredde. Fra den var der en god udsigt over byen og helt ud til søen. Det var en varm sommer. Jeg spiste på terrassen og blev siddende og nød solnedgangen, så hvordan farverne skiftede i røde nuancer, indtil himlen blev så mørk, at stjernerne blev synlige. Når det blev for køligt, eller myggene bed for ihærdigt, gik jeg indenfor og fortsatte stjernekiggeriet bag ruden. Fra sengen var nattehimlen det sidste jeg så, inden øjnene gled i, og om morgenen gik jeg

43

direkte ud i solskinnet med morgenkaffen. Jeg nærmest levede på den terrasse.

En aften blev det regnvejr, og jeg trak indenfor. Det var stadig varmt. Jeg klædte mig helt af, satte Gipsy Kings på stereoanlægget, skruede godt op og gav den hele armen. Jeg følte mig fri og lykkelig. Med et glas rødvin i hånden skålede jeg med stjernerne og dansede rundt i sikker forvisning om, at de var de eneste, der nød synet. Der skulle en rigtig god kikkert til for at se herover fra blokkene på den anden side af vejen og parkeringspladsen.

Næste morgen vågnede jeg ved synet af solens farvespil i vanddråberne på ruden. Jeg tog i dørhåndtaget for at gå ud på terrassen. Da døren gik op, faldt der et stykke vådt papir på gulvet. Jeg undrede mig over, hvordan det var kommet der. Jeg tog det op, foldede det ud. Blækket var flydt en del ud, men der var ingen tvivl om, at det var et brev fra én, der havde haft stor fornøjelse af at se mig danse in natura aftenen i forvejen. Han havde også nogle kreative ønsker til, hvad han gerne ville se næste aften. Jeg mærkede rødmen varme mine kinder, gik hen til vinduet og undersøgte området nærmere. Jo, det var faktisk muligt, at én eller anden kunne have stået på skråningen henne ved blokkene og set mig. Det var pinligt nok. Men hvad værre var, denne person havde været så fræk at klatre helt op på terrassen, havde stået lige der ude på den anden side af vinduet, mens jeg i bar figur hav-de stået og skabt mig åndssvag inde i værelset. Nu blev jeg også lidt bange, men samtidig også lidt pirret ved tanken om at være blevet beluret. Resten af dagen gik jeg lidt ved siden af mig selv. Altså, jeg er vel ikke den eneste, der har en lille ekshibitionist gemt?

Da det blev aften, og kulden fik mig til at gå indenfor, lukkede jeg terrassedøren og vinduerne godt og trak gardinet for. Men der lå jeg så og følte mig spærret inde. Ærgerlig var jeg over ikke at kunne falde i søvn til stjernerne og månens lys.

Det holdt i to nætter. Så tænkte jeg: - Fa'n stå i det! Den sludder skal ikke tage den fornøjelse fra mig. Jeg lod gardinerne være trukket fra, da jeg gik i seng, men slukkede lyset i værelset og trykkede på kontak-ten ved siden af, der tændte lyset i badeværelset. Jeg gik ud i badeværelset og klædte mig af, gjorde toilette, og idet jeg trådte ind i værelset igen, slukkede jeg lyset i badeværelset. Det vil sige, det troede jeg, jeg gjorde. Men jeg tog fejl af de to kontakter og tændte i stedet loftslyset i værelset med det resultat, at jeg stod badet i lys. I samme sekund så jeg et ansigt i vinduet med næsen trykket flad mod ruden. Jeg skreg op. Det samme gjorde skikkelsen udenfor. Han trådte forskrækket et par skridt tilbage og slog en baglæns saltomortale ud over rækværket. Jeg hørte lyden af glas, der splintredes og løb ud på altanen. Der lød en svag jamren nede fra drivhuset. Jeg ringede efter en ambulance. Da de kørte ham på hospitalet, så jeg et glimt af ham. Jeg syntes, han virkede bekendt. Jo, jeg havde set ham ved en tidligere lejlighed hos den familie, jeg passede hus for. Han boede vist lidt længere nede ad vejen. Næste dag ringede jeg til hospitalet for at høre, om han var kommet alvorligt til skade.- Han har fået nogle knubs, adskillige snitsår og et brækket ben. De beholdt ham et par dage. Fint! Jeg fik fat i en glarmester, der reparerede drivhuset, satte regningen fra glarmesteren i en buket blomster, lagde et kort ved, hvorpå der stod: "God bedring!" og sendte buketten til hospitalet.

Den aften trak jeg en ny flaske vin op og dansede nøgen foran det åbne vindue med Gipsy Kings for fuld udblæsning og skålede ud mod mørket, fri igen!

Nogle dage senere, da jeg var ude at lufte hunden, så jeg den unge mand humpe ud af en taxa uden for sit hjem. Han rødmede, da han så mig, og jeg kunne ikke dy mig for at sige noget om, at han nok ikke skulle klatre op ad nedløbsrør lige foreløbig! Han så ned i jorden og mumlede noget uforståeligt, og jeg fremturede: - om han ikke var for ung til at belure en ældre dame som mig. Nu kom der gang i ham.

- Det var slet ikke sådan! forsikrede han. Han forklarede mig nu, at han netop var kommet hjem fra Interrail og ville overraske sin veninde, hvis værelse jeg boede i. Han havde glemt, at hun stadig var på ferie med sin familie. Det lød jo meget tilforladeligt.- Du var lige kommet hjem?

- Ti minutter før jeg kravlede op, forsikrede han.- Jeg smed rygsækken derhjemme og skyndte mig herhen.

- Men brevet! sagde jeg,- brevet sad jo i vindueskarmen allerede to dage forinden! sagde jeg med løftet pegefinger.

Det var med oprigtigt undren han så på mig, da han sagde:

- Hvilket brev?

Alder og erotik

Jeg sad i betragterens rolle i hjørneso-
faen. De få jeg kendte til festen var der
med deres kæreste, eller i fuld gang
med at skaffe sig én. Jeg var lidt mopset.
På dametoilettet havde jeg lige set en
vittighedstegning, der forestillede to bare dame-
ben, der stak op af græsset og imellem dem en bar,
behåret røv. Ved siden af stod to gamle damer med slaskede sorte
kjoler, tørt strithår, briller på næsetipperne og ål i strømperne. De står
og kiggede ned i græsset. Den ene siger til den anden: - Jeg ved ikke
rigtigt, hvad det er de laver, men de har i hvert fald godt vejr til det!
Jeg kunne først ikke lade være med at grine ad den. Men så irriterede
den mig. Tegneren siger faktisk ikke blot, at gamle kvinder ikke har no-
get sexliv, men også at det er så længe siden de har haft det, at de ikke

kan huske, hvad det er – og tegneren betvivler måske oven i købet, at de nogen sinde har haft det. Og sådan forholder det sig jo ikke. Altså – godt nok var det en del tid siden, jeg selv var blevet budt noget, men alligevel...

Så satte en mand sig med et bump ved siden af mig i sofaen uden at se på mig. Klik! En lille motor startede i mig - en lille dynamo, der lavede strøm, der fik hele kroppen til at sitre af spænding. Jeg mærkede mit ene ben blive trukket hen mod hans lår. Nu er det jo sådan med naturlove om tiltrækning og frastødning at plus og minuspol tiltrækker hinanden, plus-plus og minus-minus frastøder hinanden. Men det sjove ved denne situation var, at mit ben blev tiltrukket af hans, men hans blev frastødt. Min arm blev tiltrukket af hans, men hans arm blev frastødt. Så var det to pluspoler, eller to minuspoler? Mit hoved derimod vidste godt, at dette var dødsdømt på forhånd; han var alt for smuk, for ung, for charmerende, så hovedet forblev på sin plads. Hovedet trak skuldrene til den ene side, arm og ben til den anden, skævvredet sad jeg, til han gudskelov rejste sig, og min motor/dynamo gik i stå, og jeg sank sammen i sofaen.

Som jeg sad der, fik jeg et flashback til engang for mange år siden, hvor erotisk spænding var så selvfølgelig som at trække vejret.

"Qu'il est loin mon pays, qu'il est loin. Parfois au fond de moi se ranime l'eau verte du Canal du Midi et la brique rouge et minime. Oh, Toulouse, Toulouse." Jeg stod på banegården I Toulouse iført min velsiddende mørkeblå spadseredragt. En duft af Chanel no. 5 steg op fra åbningen i min kridhvide, nystrøgede skjortebluse. Under armen havde jeg et chartek med noterne til foredraget, jeg havde holdt på L'Université Le Mirail. Jeg stod og talte med min kollega om det. Det var gået strålende, jeg havde talt intelligent, overbevisende, de efterfølgende spørgsmål havde jeg klaret sikkert, med stor viden – og humor, og gruppearbejdet havde jeg styret sikkert, med overblik, og de små tilløb til konflikter i grupperne havde jeg hurtigt fået udredet. Joh, jeg havde god grund til at være tilfreds med mig selv.

Vi ventede på toget til Paris, hvor vi skulle overnatte, inden vi forsatte hjem til DK. Toget rullede ind på perronen og standsede. Vi steg

51

på. Min kollega gik ind i kupeen og satte sig ved vinduet. Idet jeg gik ind gennem skydedøren, satte toget i gang med et ryk. Jeg mistede balancen, tabte mine notater ud over sædet og gulvet og landede med hånden placeret på den øverste del af låret på den mand, der sad lige inden for døren. Forfjamsket undskyldte jeg og trak hånden til mig. Manden hjalp med at samle papirerne sammen, læste titlen på omslaget: "Kritik af den fallocentriske psykoanalyse" og rakte mig chartekket. Jeg satte mig ved vinduet over for min kollega og gav mig til at ordne papirerne, mens jeg ud af øjenkrogen og med det ene øre observerede manden. Han konverserede en fiks lille pariserinde, der sad over for ham. De kendte tydeligvis ikke hinanden, men under samtalen lå der en tydelig flirt. Ganske rigtigt; lidt senere blev der udvekslet telefonnumre, og de aftalte at mødes i Paris et par dage senere.

Jeg havde lagt notaterne væk og fundet en roman frem: Erica Jong´s "Fear of Flying". Jeg havde læst den før, men tænkte den ville egne sig til togturen. Jeg lænede mig tilbage og lukkede øjnene. Togets bevægelser vuggede mig ind i en drømmeagtig tilstand, hvor jeg genoplevede scenen i bogen, hvor hovedpersonen møder en frem-med i en togkupé og har et "zipless fuck".

Da jeg åbnede øjnene så jeg lige ind i mandens sorte øjne. Der stod gnister imellem os, og jeg fastholdt hans blik 3 sekunder for længe, inden jeg trak øjnene til mig igen og med hjertet hamrende oppe i halsen fordybede mig i min bog.

Han rejste sig, gik hen og trak vinduet ned og blev stående lidt, mens den lune vind fik gardinerne til at blafre. Jeg lod blikket glide op langs hans ben til det sted hvor min hånd havde hvilet og videre op over ham helt op til hans krusede, sorte hår. Han satte sig på sin plads igen. Da vi nåede Paris, forsvandt pariserinden hurtigt i mængden. Manden stod parat neden for trappetrinnet og hjalp mig ned med min kuffert. Vores fingre mødtes, da han rakte mig kufferten, og der gik et stød op gennem armen og ned i mellemgulvet. Han spurgte, om jeg – og min kollega havde lyst til at gå ud at spise. Jeg så på min kollega og sagde, at vi havde da vist ikke andre planer. Hun nikkede forbeholdent og sagde, at det var i orden. Vi placerede bagagen på hotellet. Manden havde en taxa holdende, og han kørte os ind i de små gader, hvor han tog os med ind i en lille hyggelig restaurant, hvor det duftede af alverdens krydderier. Vi spiste couscous og drak rødvin. Vinen, atmosfæren og trætheden oven på rejsen fik det til at summe i hovedet. Jeg sagde ikke meget, men mærkede hvordan han pressede sit lår mod mit. Da jeg tabte min serviet og bøjede mig for at samle den op fra gulvet, så jeg under bordet at hans andet knæ sad klinet til min kollegas knæ, mens hun hektisk konverserede om vores arbejde. Han lyttede mest, mens han af og til så mig ind i øjnene.

Efter måltidet rejste vi os, han lagde en arm om hver af os, og mens vi gik udenfor, lod han os forstå, hvor vanskeligt det kan være at vælge, og at han ikke ville have noget imod at tage os begge med på sit hotelværelse. Min kollega blev stram i ansigtet og sagde, at nu gik hun i hvert fald tilbage til hotellet.

- Kommer du? spurgte hun mig. Jeg sagde, jeg kom senere.

Manden førte mig længere ind i de små gader og ind i et lille hotel med en smal reception, hvor han talte arabisk med receptionisten. Så gik vi op til værelset på 3. sal. En gang i løbet af den nat spurgte jeg ham, hvordan han dog havde kunnet forestille sig, at jeg ville gå med ham. Og han sagde, at i toget havde jeg leget med mine læber:- Tu as joué avec tes lèvres!

Næste morgen, da jeg kom tilbage til vores hotel, var min kollega ved at lukke kufferten.- Nå, der er du. Vi skal skynde os til toget. Hvordan er det du ser ud?!- Hvordan jeg så ud? Jeg gik ud og så mig i spejlet i badeværelset. Jeg så da ud nogenlunde som jeg plejede, syntes jeg og jeg rettede på jakken. Der sad måske en lille fjollet krølle i den ene mundvig, men nej, det var nok bare lidt læbestift, der var tværet ud. Da vi stod af toget i Aarhus, stod min mand og tog imod mig.

Mens jeg sad der i sofaen og tænkte tilbage på den episode, undrede jeg mig over, hvor ukompliceret, erotik kunne være – dengang – hvilken tiltro jeg havde haft til min tiltrækningskraft. Ikke sådan at jeg kunne få, hvem som helst jeg ville have. Men overbevist om, at jeg havde ret til at forsøge.

Nu sad jeg og overvejede, om vittighedstegningen på toilettet måske alligevel indeholdt en nøgle til min egen selvforståelse: for gammel til at huske hvad dét der i græsset gik ud på og så meget i forfald, at jeg heller ingen ret havde til at forvente, nogen kun tænke sig at minde mig om det. Og jeg tænkte på, om jeg ville kunne fortælle den historie til nogen. Men på den anden side – tiden gør mig mere og mere usynlig, lige gyldigt hvor meget jeg afslører.

Det første jeg husker

Det første jeg husker er, at jeg går hen ad en grusbelagt gang, op mod et stort, stort hus med mange vinduer. En bred, kegleformet trappe med mange trin fører op til indgangsdøren, en port er det næsten. Jeg må lægge nakken tilbage for at kunne se hele huset. Jeg går op ad trappen, rækker hånden højt op og trykker håndtaget ned, skubber med hele min vægt den tunge dør op og går ind. Jeg kommer ind i en hall. Gulvet er harlekinmønstret i sort og hvidt. Rummet buer som en halvmåne. Langs hele buen er der lukkede døre. Jeg går hen og tager i en tilfældig dør. Den går op, og jeg træder ind i et rum uden bagvæg. Rummet fortsætter ud i det fri. Jeg går ad en sti, der bliver til en vej med hjulspor. Jeg går på den høje græsrabat imellem sporene. Vejen går gennem en kornmark, der dufter og lokker. Jeg går ind mellem stråene. De er så høje, at jeg ikke kan se hen over dem. Blåklokker og røde valmuer blander sig med de gule strå. Åh, hvor de dufter. Jeg lægger mig ned. De knækkede strå prikker mig i ryggen og på benene, men det gør ikke noget. Duften af korn blander sig med duften af jord. En lærke stiger lige op af kornet. Jeg følger dens fløjten op i den blå himmel. Hvide skyer glider let af sted. Medens jeg undersøger, hvad de ligner, falder jeg i søvn.

Jeg vågner med en gysen. En grå sky er gledet for solen. Jeg rejser mig med røde stråprikker på de bare arme og ben. Jeg er tørstig. Jeg går ud af kornet, finder markvejen, følger den hen mod granplantagen. Granerne står i lige rækker. Mellem hver række kan man se et godt stykke ind i skoven. Jeg kigger efter rådyr, men ser ingen. Hist og her tårner en myretue sig op. En fuglestemme høres nu og da. Men ellers er her tyst og stille. Jeg fortsætter ad det, der ikke længere er hjulspor, men græs og mos. Stien ender i en lysning, hvor vejen forgrener sig som en trefork. Hvilken vej skal jeg vælge? Jeg lukker øjnene, snurrer rundt, strækker armen ud foran mig. Står stille og åbner øjnene. Mine fingre peger hen mod den midterste sti. Jeg begynder at gå hen ad den. I starten er det stadig en plantage, granerne står i lige rækker. Snart forsvinder sporet. Jeg går på blød mos ind mellem træerne, der står tættere og tættere. Fuglestemmerne har jeg længe ikke hørt. Der bliver mørkere og mørkere. Til sidst må jeg føle mig frem. Spidse grangrene slår mig i ansigtet og kradser mig på de bare arme. Jeg kan ikke se, hvor jeg er, stammerne står tæt, til sidst kan jeg ikke presse mig igennem mere. Jeg vender om, går tilbage i mit eget spor, til jeg når lysningen med de tre stier.

Jeg går ind ad vejen til venstre. I starten går det hurtigt. Jeg ser et dyr springe et sted langt borte. Stien forsvinder, træerne lukker sig om mig. Jeg går med armene strakt frem foran mig. Da rammer hænderne noget hårdt. Det er en sten – eller en klippe, skulle jeg vel sige. Jeg lader hænderne glide op ad stenen og ud til begge sider. Den er hård, kold og mosfugtig. Den bliver ved og ved. Der er ingen vej udenom. Jeg går tilbage til treforken og tager den sidste vej.

Det går let derudaf. Stien fortsætter og fortsætter. Jeg ser mig tilbage over skulderen. Skoven har lukket sig bag mig. Kun utydeligt ser jeg træernes grenede virvar. Jeg er ved at blive træt og har lyst til at lægge mig ned. Da ser jeg et lys et stykke borte. Jeg ser det kommer fra en hytte. Døren står åben, og lyset fra ildstedet oplyser pladsen foran huset. Det skinner på en ung mand, der står med glinsende, bar overkrop og hugger brænde. Han er kun iført brune ruskindsbukser. Jeg står og ser, hvordan sveden løber ned over hans slanke, men muskuløse overkrop. Han er smuk. Han sætter øksen ned ved siden af sig og ser på mig, da jeg nærmer mig. Han ser mig smilende direkte ind i øjnene, viser med armen hen mod hytten, og siger blot: - Du er træt, gå indenfor og sæt dig til bords. Jeg vil give dig noget at spise, og så skal du sove.

Jeg ser den vej, han peger, og ser gennem den åbne dør en dampende gryde over det åbne ildsted, hvorfra det dufter appetitligt helt herud. Jeg ser et dækket bord og en seng med kridhvidt sengetøj. Dynen er slået indbydende til side.

- Jeg vil hellere tilbage til der, hvor jeg kommer fra, siger jeg til min egen overraskelse, idet jeg ser tilbage på det mørke, der har skjult stien, jeg kom ad.- Jeg kan bringe dig tilbage, siger manden.- men på den betingelse at du sover med mig i tre nætter. Jeg kan slet ikke få mit smil af, da jeg svarer:- Det er i orden! Jeg smiler stadig, da han står ved siden af mig, lægger en arm om mit liv og sætter af. Han løfter mig op,-op, op, op, hen over skoven flyver vi. Jeg lukker øjnene og mærker vinden stryge lunt hen over mig, indtil vi synker ned igen. Og da jeg åbner øjnene, står vi igen i den harlekinmønstrede hall.

- Og nu vil jeg have min betaling, siger han. Jeg ser på ham og træder forskrækket et par skridt tilbage. Der er noget genkendeligt i de stærke, smilende øjne med det direkte blik. Man han har gråsprængt fuldskæg, er sunket lidt sammen i kroppen, han er rundere, tykkere,- ældre. Det ryger ud af mig:- Du har snydt mig! Han ler og siger drillende:- Se på dig selv. Jeg ser ned ad mig, på pludderet under armene, på taljen, der ikke er der mere.- Nå, ja! ler jeg, og vi åbner døren til et værelse og lægger os på sengen.

61

Tre dage senere er han væk, da jeg vågner. Jeg savner ham vanvittigt. Jeg går ud i hallen, rykker i adskillige døre, der er låst. Jeg finder en dør, der åbner sig, og jeg går ind. Det store, lyse rum er fyldt med mennesker, der alle vender sig mod mig. Der står min Mor og Far, mine søskende, hele min familie. Længere væk ser jeg mennesker, jeg mindes at have set på gulnede fotografier. De smiler til mig, hæver deres glas mod mig og ønsker mig velkommen.

Banegården

Hvis man forestiller sig, at man går om bord i en luftballon og stiger op over en middelstor banegård- op – op- op; så vil banegården ligne en kæmpe myretue. Myrerne- menneskene myldrer ud og ind; nogle bærer på tunge byrder, andre bærer ikke på noget. Alle ser ud til at have travlt.

Stiger man så ned igen og går ind i afgangshallen, så er der en helt særlig atmosfære. Lydene springer mellem gulv og loft og vægge, og det er svært at høre, hvad der bliver sagt i højtalerne: - "Tog afgår om få minutter-nutter-utter!" Når man så går ned på perronen, er der igen en helt anden stemning. Lyden er en anden. Perronen er overdækket, men man er ude i fri luft. Der er stadig spænding i luften, hvad enten folk skal ud at rejse eller bare står og venter på nogen, men man er nået frem og skal bare vente.

Og dér står så forretningsmanden. Stribet jakkesæt, vest, en attachemappe i den ene hånd, i den anden en mobiltelefon, som han taler hyppigt i, en lyserød avis klemt ind under armen. Han står lige her, for her kommer hans vogn - det gør den altid.

Ved siden af ham står en noget yngre mand. Han ligner ham meget. Samme type jakkesæt, attachemappe. Men han er mere urolig. Han går hele tiden hen og kigger hen ad skinnerne for at se, om toget ikke snart kommer. Han ligner én der skal til jobsamtale, burde være stået tidligere op, have taget et tidligere tog, men... Længst ude på perronen sidder en gammel mand. Han sidder yderst på bænken. Han støtter den ene hånd på knæet, den anden på en stok.

Helt inde ved trappen står en ung mand med en enkelt rød rose. Så kommer der en ung mor med to børn. Hun har rygsæk på ryggen, en kuffert i hånden, over skulderen en taske, der hele tiden falder ned. Hun har svedperler på overlæben. Drengen er 4-5 år gammel. Han løber rundt om læskurene og tæt ud til perronkanten, og moderen siger hele tiden: Pas nu på! lad være med at komme så tæt på kanten! Kom nu her hen, pas nu på, ikke så tæt til kanten! Pigen er 10 år. Hun har lyse slangekrøller, en sløjfe i håret, en fin hvid kjole med strut, røde laksko og hvide ankelstrømper. Hun står og holder fast - ikke i moderen - men i moderens kuffert. Inde i læskuret, trykket op i det ene hjørne, sidder en gammel kone. Hun har en grå frakke på, den mangler et par knapper. Ved hendes fødder står en beskidt sportstaske. Lynlåsen er gået lidt i stykker. På hovedet bærer hun en lille rund hat. Der stikker noget stridt, gråt hår ud under den. På afstand kan man ikke rigtigt se, om hun sover, men kommer man tættere på, kan man se, at hun følger med i alt, hvad der sker.

Så mere mærker end hører man den vibration i skinnerne, der viser at et tog er på vej. Den unge jobsøger er henne at kigge igen. Jo, der er god nok. Folk samler sig sammen, rygsækken på ryggen, attachemappen i hånden, frakkerne knappes, og man gør sig klar til at stige om bord. Toget kører ind på perronen. I kupéernes vinduer ser man passagererne. Det første vindue er rullet halvt ned. Der står en ung pige med lyse slangekrøller, en sløjfe i håret. Hun har en fin hvid kjole på. I hånden holder hun en dukke. I det næste vindue er der mennesker,

65

der drikker og skåler med hinanden, i det næste sidder der nogle og spiller kort. I det næste vindue er gardinerne trukket næsten for. Der står et par og kopulerer.

Toget sagtner farten, og lige som man tror, det skal til at standse, sætter det farten op, kører hurtigere og hurtigere, efterhånden kan man ikke længere se menneskene i vinduerne, man ser kun nogle lysende striber, der farer forbi - og toget er væk.

I et stykke tid- et sted mellem et øjeblik og en evighed - er der ingen der rører sig, ingen trækker vejret. Så ryster folk sig, stiller bagagen fra sig, knapper frakken op- og da er det, den unge mor opdager, hendes datter er væk. Hun kalder, løber rundt om læskurene, ser appellerende på de andre. Hun hopper sågar ned på sporet og kommer op igen med en dukke i hånden. Da begynder den gamle dame inde i læskuret at le. Højere og højere ler hun, og den unge mor løber hen til hende, rusker hende og råber: - hvor er hun henne?! Den gamle svarer hende ikke, men bøjer sig ned og lyner sportstasken op. Op af den tager hun den mest fantastiske balkjole. Knaldrød, besat med rhinstene og pailletter, vid udskæring, smal talje, store ærmer. Hun løfter den op foran sig og drejer rundt. De rejsende har samlet sig om hende, de kigger på hinanden, tager sig til hovedet: hun er skør! Men henne fra den yderste del af perronen kommer den gamle mand gående. Han standser foran hende og ser hende lige ind i øjnene, lægger stokken over armen og bukker for hende. Så tager han hende om livet og de danser rundt og rundt og rundt. Folk begynder at klappe takten til brudevalsen, de danser vals, som der ikke længere er nogen der kan danse vals. De danser, til der lyder en stemme fra toget, som holder på perronen: - Mor, kom nu Mor, ellers kommer vi for sent, kom nu Mor, toget kører snart, kom nu! Alle samler sig sammen, knapper frakken, tager rygsækken på ryggen, mappen i hånden, tasken på skulderen og går om bord på toget, som kører ud af perronen og er væk.

Tilbage på perronen står kun den unge mand med sin rose. Og når han vender om og går op ad trappen og kommer op i ankomsthallen, er der en ganske bestemt stemning. Lydene kastes tilbage fra væggene til loftet til gulvet, - Tog afgår om få minutter-nutter-utter. Og når han er nået helt udenfor er der igen en helt anden stemning. Lyden er ligesom mere tør. Og forestiller man sig at han steg op i en luftballon og kunne se banegården helt ovenfra, ville han synes den lignede en kæmpemæssig myretue, hvor myremenneskene myldrer ud og ind, nogle bærende på tunge byrder, nogle uden- og alle ville se ud, som om de havde meget travlt.